Daphné, la fée du dimanche

Pour Sara O'Connor,
qui a aidé les fées
à de multiples reprises!

Un merci spécial
à Narinder Dhami

Catalogage avant publication de
Bibliothèque et Archives Canada

Meadows, Daisy

Daphné, la fée du dimanche / Daisy Meadows ; illustrations
de Georgie Ripper ; texte français d'Isabelle Montagnier.

(Les fées des jours de la semaine)
Traduction de: Sarah, the Sunday fairy.
Pour les 6-9 ans.
ISBN 978-1-4431-1181-2

I. Ripper, Georgie II. Montagnier, Isabelle III. Titre.
IV. Collection: Meadows, Daisy. Arc-en-ciel magique.
Les fées des jours de la semaine.

PZ23.M454Da 2011   j823'.92   C2011-901819-5

Édition publiée par les Éditions Scholastic,
604, rue King Ouest, Toronto (Ontario) M5V 1E1

5 4 3 2 1   Imprimé au Canada 116   11 12 13 14 15

MIXTE
Papier issu de
sources responsables
FSC® C011825

Daphné, la fée du dimanche

Daisy Meadows

Texte français d'Isabelle Montagnier

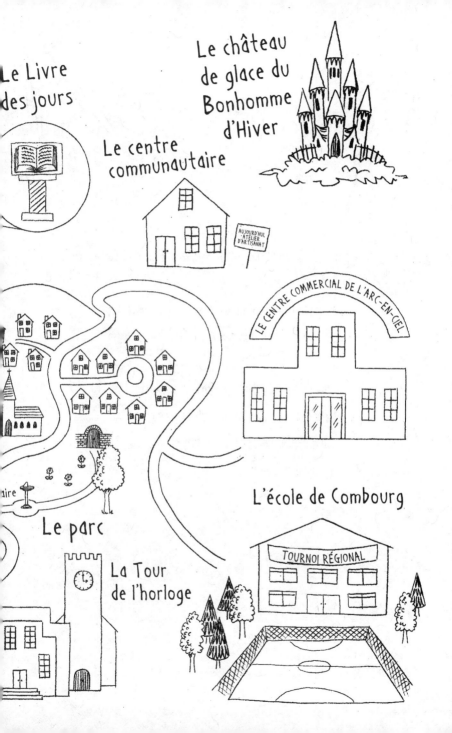

Le vent souffle et il gèle à pierre fendre!
À la Tour du temps, je dois me rendre.
Les gnomes m'aideront, comme toujours,
À voler les drapeaux des beaux jours.

Pour les humains comme pour les fées,
Les jours pleins d'éclats sont comptés.
La rafale m'emmènera où je l'entends
Pour réaliser mon plan ignoble dès maintenant!

Table des matières

Un gnome gourmand

— J'ai du mal à croire que c'est déjà dimanche! s'exclame Karine Taillon, en regardant sa meilleure amie, Rachel Vallée.

Dans la cuisine de la famille Vallée, elles sont en train d'emballer des sandwichs dans des sacs en plastique.

— Mon père et ma mère viennent me

1

chercher ce soir, ajoute Karine. La
semaine est passée si vite!

— Oui, c'est vrai, acquiesce Rachel.
C'est parce que nous avons été occupées
à chercher les drapeaux des jours de la
semaine.

À ce moment-là, M. Vallée entre
précipitamment, chargé d'un grand panier
à pique-nique en osier. Rachel s'interrompt

brusquement et fait un petit sourire en coin
à Karine. Personne ne connaît le secret des
deux fillettes : elles sont amies avec les fées!
Durant toute la semaine, elles ont essayé
de retrouver les drapeaux des jours de la
semaine qui avaient disparu. Ils sont
extrêmement importants. Les fées utilisent
la magie des drapeaux pour que chaque
jour soit plein d'entrain. Tout a commencé
quand le méchant Bonhomme d'Hiver et
ses gnomes ont volé les sept drapeaux. Mais
la magie des drapeaux a rendu les gnomes
très turbulents et le Bonhomme d'Hiver
a perdu patience. Il a jeté un sort aux
drapeaux et les a envoyés dans le monde
des humains. Les gnomes malicieux
s'amusaient tellement avec les drapeaux
qu'ils se sont lancés à leur recherche en
cachette du Bonhomme d'Hiver.

— Dépêchez-vous d'emballer la nourriture, les filles, dit M. Vallée en déposant le panier de pique-nique sur la table. Nous voulons partir de bonne heure pour profiter au maximum de cette belle journée.

— Quelle merveilleuse idée de faire un pique-nique au lac des quatre vents, papa, remarque Rachel tout en plaçant dans le panier une boîte de salade de pommes de terre.

— Et toute cette nourriture semble délicieuse, ajoute Karine qui regarde une grande tarte aux pêches.

— Mettez la tarte et les sandwichs en dernier afin qu'ils ne soient pas écrasés, conseille M. Vallée en voyant les fillettes ajouter des bouteilles d'eau.

Pouvez-vous finir de tout ranger pendant que je sors la voiture du garage?

Karine et Rachel hochent la tête.

— Il ne nous reste plus qu'à trouver le drapeau de Daphné, la fée du dimanche, dit Rachel une fois que M. Vallée a quitté la pièce.

— Oui, mais c'est le dernier drapeau, alors les gnomes seront encore plus déterminés à le trouver en premier, fait remarquer Karine.

Rachel couvre la nourriture avec une nappe de pique-nique et ferme le panier au moment où Mme Vallée arrive.

— Il a l'air bien lourd, dit-elle à Rachel.

Laisse ton père le transporter. Je vais aller chercher Bouton dans la cour arrière.

Rachel et Karine courent chercher leurs vestes. Quand elles redescendent, M. Vallée sort de la cuisine en portant le panier à deux mains.

— Ce panier pèse une tonne, grogne-t-il. Auriez-vous mis une tarte aux pêches par personne, les filles?

Rachel et Karine éclatent de rire.
Mme Vallée entre avec Bouton. Le chien

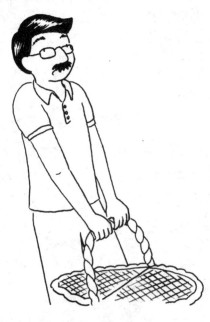

au poil ébouriffé renifle bruyamment et se précipite sur le panier en aboyant.

— Calme-toi, Bouton, dit Rachel en tirant sur sa laisse. J'ai mis des biscuits pour toi, mais tu dois attendre que nous soyons au lac des quatre vents pour les manger.

Ils montent en voiture et se mettent en route. Bouton, impatient, ne cesse d'aboyer en direction du panier.

— Heureusement que le lac des quatre vents est tout proche, dit Rachel en souriant.

Peu après, M. Vallée quitte la route principale et s'engage sur un chemin étroit et cahoteux. En arrivant au bout du chemin, Karine s'exclame avec ravissement :

— Oh! Quel endroit parfait!

Ils font face aux eaux miroitantes d'un grand lac entouré d'une forêt verdoyante. D'autres familles pique-niquent, promènent leur chien et donnent à manger à des canards. Mais la beauté du lieu semble laisser indifférents les visiteurs, qui ont tous l'air morose.

— Nous devons trouver le drapeau
du dimanche pour que les fées rendent
ce jour plus amusant.

Karine hoche la tête. M. Vallée arrête
la voiture et tout le monde descend.

— Voilà un bon endroit pour notre
pique-nique, dit la mère de Rachel en
montrant un lieu ombragé près du rivage.

Ils se dirigent vers les arbres, Bouton tirant toujours comme un fou sur sa laisse.

M. Vallée pose le lourd panier avec un soupir de soulagement :

— Je pense que Bouton a besoin d'une petite promenade pour se calmer. Et si vous déballiez la nourriture pendant que nous l'emmenons se dégourdir les pattes? suggère-t-il.

— Bonne idée! approuve Mme Vallée, en prenant la laisse des mains de Rachel.

Bouton suit M. et Mme Vallée à contrecœur et se retourne pour jeter encore des coups d'œil au panier.

— Je me demande bien ce qu'il a, dit Karine. Je ne l'ai jamais vu se conduire comme ça auparavant.

Soudain, elle s'interrompt et fronce les sourcils.

— Quel est ce bruit de papier froissé?

Elle montre le panier à pique-nique.

— Je crois que ça vient de là, murmure-t-elle.

— Ce doit être Daphné, la fée du dimanche! s'exclame Rachel

en soulevant délicatement le couvercle du panier.

Les deux fillettes regardent à l'intérieur et poussent un cri de surprise. Dans le panier,

est assis un grand gnome tout vert qui tient à la main un sandwich. La bouche grande ouverte, il s'apprête à le manger!

Une autre passagère clandestine

— C'est mon sandwich à la dinde!
s'écrie Rachel en l'arrachant juste à
temps des mains du gnome.

Il lance un regard furieux à Rachel : ses
dents viennent de se refermer dans le vide.

— Rends-moi ça! exige-t-il d'une voix
bourrue.

— Non, ce n'est pas à toi! réplique

Rachel en cachant le sandwich derrière
son dos.

— À propos, que fais-tu dans notre
panier à pique-nique? demande Karine.

— Je ne vous le dirai pas, marmonne le
gnome.

— Pourquoi pas? demande Rachel.

— Parce que je ne vous dirai rien, répète
le gnome avec fermeté. Je
ne vous dirai certainement
pas que nous cherchons
le drapeau du
dimanche parce
que vous n'avez pas
le droit de le savoir!
Soudain, il fronce
les sourcils et se
plaque la main
sur la bouche.

— Trop tard! crie

joyeusement Rachel. Tu viens de nous le dire.

Le gnome lui jette un regard mauvais, saisit un biscuit aux brisures de chocolat et s'enfuit parmi les arbres.

— Je me demande si cela veut dire que le drapeau du dimanche est dans les parages, dit Karine pensivement.

Pendant ce temps-là, Rachel inspecte le contenu du panier.

— Où est la nappe de pique-nique? demande-t-elle. Le gnome a dû la sortir pour se faire de la place.

— Cela explique pourquoi Bouton était

si excité. Il a dû sentir le gnome dans le panier, ajoute Karine.

—J'espère que le gnome n'a pas trop mangé de nourriture, dit Rachel en sortant les sandwichs, sinon comment expliquerons-nous cela à mon père et à ma mère?

Les fillettes déballent les victuailles, mais rien ne semble manquer à part le biscuit au chocolat que le gnome a volé.

— J'ai l'impression que nous l'avons arrêté juste à temps, dit Karine en riant.

Elle saisit subitement le bras de Rachel et s'exclame :

— Regarde! Des étincelles magiques!

Le cœur de Rachel se met à battre plus vite. Elle aussi aperçoit des étincelles argentées derrière une pomme, dans un coin du panier.

Karine déplace tout doucement la pomme. Derrière est assise une petite fée aux vêtements en désordre et aux longs cheveux noirs emmêlés. La fée s'aperçoit que les fillettes la regardent, elle agite sa baguette dans leur direction. Ensuite, elle saute sur ses pieds, secoue sa petite robe jaune et lisse ses cheveux brillants.

— Bonjour les filles! lance-t-elle. Je suis Daphné, la fée du dimanche. Merci de m'avoir débarrassée du gnome. Je commençais à être vraiment écrasée dans ce coin du panier!

La petite fée étire ses ailes fripées et s'envole.

— Bonjour Daphné! répond Rachel d'un ton joyeux. Nous pensons que ton drapeau n'est pas loin. Sinon, pourquoi le gnome serait-il là?

Daphné hoche la tête énergiquement.

— Oui, tu as raison, dit-elle. Le Livre des jours nous a donné un indice.

Au Royaume des fées, Francis le crapaud consulte chaque matin le Livre des jours. Francis est le gardien royal du temps. Son travail consiste à hisser le bon drapeau du jour sur le mât de la Tour du temps qui se trouve dans les jardins du palais. Quand les rayons du soleil atteignent le drapeau, la fée de ce jour-là recharge sa baguette avec la magie spéciale des jours de la semaine. Mais depuis que les drapeaux ont disparu, des poèmes fournissant des indices sur l'emplacement où ils sont cachés apparaissent dans le Livre des jours. Daphné récite le nouveau poème :

*Au cœur d'un soleil, et à la faveur d'un beau
pique-nique en plein air,
le drapeau du dimanche sera de retour.
Mais attention aux gnomes du bonhomme d'Hiver!
Pour le retrouver, ils sont prêts à jouer de vilains
tours.*

Puis elle explique :

— Je suppose que les gnomes étaient
cachés dans la cour et qu'ils ont entendu

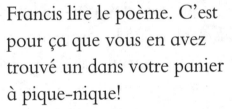

Francis lire le poème. C'est
pour ça que vous en avez
trouvé un dans votre panier
à pique-nique!

— Il faut que nous trouvions
le drapeau les premières, dit
Karine.

— Mais faites bien attention,
rappelle Daphné. Je suis sûre qu'il y a des
tas de gnomes aux alentours. Après tout,

c'est leur dernière chance de récupérer un drapeau des jours de la semaine!

Les fillettes entendent alors un *Wouf!* joyeux derrière elles.

Rachel se retourne et voit son père, sa mère et Bouton qui approchent.

— Daphné, tu ferais mieux de te cacher, chuchote-t-elle.

La fée se glisse rapidement dans la poche de Karine.

— Je crois que

Bouton a dépensé son surplus d'énergie, dit
Mme Vallée en riant.

— Nous avons vu un homme avec un
cerf-volant superbe de l'autre
côté du lac, ajoute
M. Vallée. C'était un
grand dragon rouge avec
une longue queue bleue.
Gardez l'œil ouvert!

La mère de Rachel
regarde les filles d'un
air surpris.

— Rachel, où est
passée la nappe?
demande-t-elle.

— Oh! J'ai dû oublier de la mettre
dans le panier, s'empresse de répondre
Rachel.

Elle ne peut pas dire à sa mère qu'un
gnome l'a probablement jetée.

— Ne vous inquiétez pas, les rassure Mme Vallée. Il y a une couverture dans la voiture. Je l'ai laissée sur le siège arrière après la foire artisanale de mercredi dernier.

Elle ajoute en lui tendant les clés de la voiture :

— Pouvez-vous aller la chercher?

En arrivant à proximité de la voiture, Rachel n'en croit pas ses yeux : on dirait que quelqu'un est debout sur le toit! Soudain, elle se rend compte que c'est vrai.

— Il y a un gnome sur le toit de la voiture! s'exclame-t-elle, surprise.

— Et il y en a deux autres
sur le coffre, ajoute Karine.

— Et deux autres sur le
capot, chuchote
Daphné.

Les gnomes scrutent
l'intérieur de la voiture
de la famille Vallée. Quand
Daphné et les fillettes
s'approchent, elles aperçoivent
deux autres gnomes qui se font la
courte échelle pour regarder à
travers la vitre de la porte arrière.

— Sept gnomes en tout, précise Rachel
d'un ton anxieux.

— Qu'est-ce qu'ils regardent?
demande Karen.

Les fillettes se faufilent silencieusement
derrière les gnomes pour en savoir plus.

— Laisse-moi jeter un coup d'œil, se

plaint le gnome du bas. C'est mon tour
maintenant!

Rachel s'avance tout doucement pour ne
pas attirer leur attention. Elle examine
l'intérieur de la voiture et voit sur la plage
arrière la couverture rayée dont parlait sa
mère. Un bout de tissu argenté en dépasse,
orné d'un soleil scintillant.

— Oh! murmure Rachel. On dirait que
le drapeau du dimanche est dans notre
voiture!

La brillante idée de Karine

Daphné et Karine regardent ce que
Rachel leur montre, puis elles filent se
cacher derrière un grand chêne avant que
les gnomes ne les remarquent.

— C'est bien *mon* drapeau! s'exclame
Daphné.

— Les gnomes savent où il se trouve,
dit Karine. Qu'allons-nous faire?

— Pour le moment, le drapeau
est en sécurité dans la voiture,
dit Rachel, mais comment
allons-nous le faire sortir?

— Il faut éloigner les
gnomes de la voiture,
déclare Karine d'un
air pensif. Mais
comment?

— Regardez! crie
l'un des gnomes.

Toujours cachées
derrière le chêne, les
fillettes lèvent la tête.
Le gnome debout sur le
toit de la voiture pointe le
doigt vers le ciel, très agité.

— Qu'est-ce qu'il montre?
demande Karine.

Les fillettes observent l'autre
côté du lac et aperçoivent un
cerf-volant rouge et bleu en
forme de dragon, qui monte
et descend en piqué dans
la brise.

— C'est le cerf-volant
dont mon père nous a
parlé, murmure
Rachel.
Le gnome tout
réjoui s'écrie :
— Je vois un
cerf-volant en
forme de dragon,
mais pas vous!
Ha! Ha ! Ha!
Les autres gnomes
se renfrognent.

— Je veux le voir moi aussi, se plaint l'un d'entre eux.

— Laisse-moi le voir! crie un autre.

Les six autres gnomes se bousculent pour grimper sur le toit de la voiture afin de voir le cerf-volant de leurs propres yeux.

— Nous pourrions essayer de prendre le drapeau pendant qu'ils regardent le cerf-volant… suggère Rachel.

C'est alors que les gnomes se mettent à gémir bruyamment. L'un d'eux se laisse glisser du toit de la voiture.

— Le joli cerf-volant est parti derrière ce grand arbre, grogne-t-il.

— Ne perdons pas notre temps, rappelle un autre gnome. Comment allons-nous sortir le drapeau de la voiture?

— Ce cerf-volant m'a donné une idée, murmure Karen, rouge d'excitation. Daphné, pourrais-tu te servir de ta magie pour faire apparaître un magnifique cerf-volant, afin de distraire les gnomes?

Daphné lui adresse un grand sourire.

— Quelle bonne idée! dit-elle en voletant dans les airs.

Elle agite sa baguette et une nuée d'étincelles magiques se répand au dessus de la tête des fillettes. Karine tient maintenant dans ses mains un fil doré auquel est attaché un superbe cerf-volant en forme de phénix. Les fillettes lèvent les yeux et voient sa longue queue aux couleurs de l'arc-en-ciel

claquer au vent tandis qu'il danse dans
le ciel.

Karine sort de derrière la voiture afin que
les gnomes puissent voir le cerf-volant.

— Ce cerf-volant est formidable! dit-elle
bien fort en le faisant aller et
venir. C'est si amusant!

Les gnomes regardent
le cerf-volant, les yeux
écarquillés. Ils oublient bien vite
le drapeau et commencent à
s'éloigner de la voiture et à se
rapprocher de Karine.

— Est-ce que je peux
essayer? demande le plus grand
gnome.

— Non, moi d'abord! crie un
autre en écartant le premier gnome.

— Chacun votre tour,

dit Karine en tendant le fil au gnome le plus proche.

Pendant ce temps-là, Daphné et Rachel se rendent sur la pointe des pieds jusqu'à la voiture de la famille Vallée. Le cœur battant, Rachel déverrouille la porte et saisit le drapeau. Elle essaie de refermer la porte tout doucement, mais l'un des gnomes entend le bruit et se retourne.

— Hé! s'écrie-t-il. Elles sont en train de prendre le drapeau!

Le gnome qui tient le cerf-volant le lâche brusquement, et les sept gnomes se

précipitent vers la voiture. D'un œil anxieux, Karine les voit encercler Daphné et Rachel.

— Donne-le-moi, dit l'un des gnomes d'un ton brusque.

Il essaie de saisir le drapeau, mais Rachel le tient hors de sa portée.

— Rachel, attention! crie Karine en voyant un autre gnome se hisser sur le toit de la voiture.

Mais il est trop tard. Le gnome étend le bras et arrache le drapeau des mains de Rachel!

Un double glacé

— J'ai le drapeau! ricane le gnome.

Il descend de la voiture et s'enfuit dans les bois. Les autres le suivent.

— Pourchassons-les! s'exclame Rachel.

Les fillettes se précipitent à leur poursuite, Daphné voletant à côté d'elles. Mais les gnomes courent vite et se faufilent avec agilité entre les arbres.

Rachel et Karine sont bientôt hors
d'haleine.

— Nous devons les arrêter, dit Karine en
haletant. Mais comment?

—Je sais ce qui les ralentirait, dit Rachel
en reprenant son souffle. Le Bonhomme
d'Hiver!

Karine et Daphné ont l'air perplexe.

— Les gnomes ne sont pas censés chercher les drapeaux, n'est-ce pas? leur fait remarquer Rachel. Alors ils seraient terrifiés si le Bonhomme d'Hiver très fâché surgissait devant eux, ou s'ils voyaient quelque chose qui ressemble au Bonhomme d'Hiver!

Daphné fait un grand sourire :

— Je ne peux pas faire apparaître quelque chose qui ressemble au Bonhomme d'Hiver, mais je peux faire en sorte que quelque chose qui existe déjà ressemble au Bonhomme d'Hiver.

Elle dirige sa baguette vers un vieil arbre
mort, un peu au-devant des gnomes. Une
pluie d'étincelles argentées s'échappe de la
baguette et entoure le tronc, qui se
transforme immédiatement en une grande
silhouette de glace affichant une expression
renfrognée. Le gnome qui est en tête
s'arrête brusquement.

— Le Bonhomme d'Hiver! s'écrie-t-il.

Les autres gnomes lui rentrent dedans,
puis ils se regroupent, l'air terrifié.

— Bonjour maître, murmure
nerveusement un gnome. Quel plaisir…
hum… de vous voir.

— Je n'y étais pour rien, gémit un autre.
C'est eux qui ont eu l'idée de chercher le
drapeau.

Le gnome qui tient le drapeau est le plus
terrifié. Il s'avance précipitamment et
s'incline devant le tronc d'arbre.

— Le drapeau est un cadeau spécial pour
vous, maître, dit-il en le lui tendant.

Puis il fronce les
sourcils et regarde le
tronc d'arbre de plus
près. Il le pique de
son doigt et tous les
gnomes poussent un
petit cri.

— Ce n'est pas le
Bonhomme d'Hiver,
crie le gnome d'un
ton soulagé. C'est
juste un vieux tronc
d'arbre!

Les autres gnomes semblent perplexes,
mais l'un d'entre eux aperçoit Daphné et
les fillettes derrière eux.

— C'était seulement la magie des fées!
s'exclame-t-il en les montrant du doigt.

— Ha! crie le gnome au drapeau.
Vous n'avez pas réussi à nous tromper!

Daphné, Rachel et Karine échangent des regards consternés. À ce moment-là, un vent froid se lève et une silhouette de glace apparaît derrière les gnomes.

— C'est le Bonhomme d'Hiver, crie Karine. Il est derrière vous!

— Je l'ai dit, vous ne pouvez pas nous duper si facilement, insiste le gnome au drapeau.

Dans le dos du gnome, le Bonhomme d'Hiver se croise les bras. Il semble furieux.

— DONNEZ-MOI CE DRAPEAU! beugle-t-il.

Le véritable Bonhomme d'Hiver

Les gnomes n'en croient pas leurs oreilles. Ils se retournent pour faire face au Bonhomme d'Hiver.

— DONNEZ-MOI CE DRAPEAU! répète celui-ci en hurlant.

Il agite sa baguette et des éclairs glacés sillonnent la clairière.

Pâles de terreur, les gnomes s'éparpillent

et vont se cacher derrière des rochers et des troncs d'arbres.

Le gnome qui tient le drapeau est si effrayé qu'il le laisse tomber aux pieds du Bonhomme d'Hiver et saute dans un buisson.

Daphné, Rachel et Karine se précipitent aussi derrière un arbre en évitant les éclairs qui jaillissent de toutes parts.

Le Bonhomme d'Hiver ramasse le
drapeau et s'écrie d'un ton brusque :

— J'en ai assez de tout ça! J'étais assis
dans mon château et j'ai appelé parce que
j'avais besoin de mes pantoufles, mais
personne ne me les a apportées.
Et pourquoi? Parce que mes gnomes sont
partis à la recherche de ce drapeau ridicule!

Il agite le drapeau et il rassemble rapidement ses gnomes qui lui font face, l'air penaud.

— S'il vous plaît, maître, dit le plus grand gnome, maintenant que vous avez le drapeau, nous pouvons tous rentrer au château et nous vous apporterons vos

pantoufles chaque fois quand vous
le souhaiterez!

Daphné semble découragée.

— Nous ne pouvons pas
laisser le Bonhomme
d'Hiver emporter le
drapeau dans son
château de glace,
dit-elle d'un ton
anxieux. Nous
devons l'en empêcher.

Rachel et Karine
échangent un regard
déterminé, puis
elles sortent
courageusement de
derrière l'arbre.
Leurs genoux
tremblent quand le

Bonhomme d'Hiver les dévisage d'un air furieux.

— Si vous emportez le drapeau dans votre château, les gnomes s'amuseront tellement qu'ils recommenceront à faire des farces, dit Rachel au Bonhomme d'Hiver. Avez-vous oublié qu'ils ont fait tomber un seau d'eau sur votre tête?

Le Bonhomme d'Hiver fronce les sourcils.

— Et quand vous demanderez vos pantoufles, ils les rempliront sans doute avec de la boue pour vous faire une blague, ajoute Karine. Êtes-vous sûr de vouloir le drapeau?

Le Bonhomme d'Hiver affiche un air furieux, mais pensif. Il est évident qu'il réfléchit aux paroles des fillettes. Rachel et Karine attendent, essayant de ne pas frissonner dans l'air glacé. Quelle va être la décision du Bonhomme d'Hiver?

Un pique-nique parfait

Soudain, le Bonhomme d'Hiver fait un pas en avant.

— Prenez le drapeau, dit-il brusquement en le tendant à Rachel. Mais les fées doivent promettre de garder les drapeaux des jours de la semaine en sécurité et de ne jamais laisser les gnomes les toucher de nouveau!

Il jette un regard furieux à Daphné et lui demande :

— C'est promis?

Daphné fait un grand sourire et répond fermement :

— Promis.

Le Bonhomme d'Hiver hoche la tête et se retourne vers sa bande de gnomes.

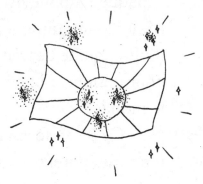

— En avant, marche! leur crie-t-il.

Daphné, Karen et Rachel ne peuvent s'empêcher de sourire tandis que les gnomes suivent le Bonhomme d'Hiver en traînant les pieds, l'air extrêmement déçu.

Daphné éclate de rire :

— Merci les filles, maintenant j'ai récupéré mon précieux drapeau!

Elle agite sa baguette et le drapeau rétrécit pour reprendre la taille qu'il avait au Royaume des fées.

— Qu'est-ce qui est arrivé au cerf-volant magique? demande Karine en regardant le ciel.

— Il s'est dissout dans les airs,
explique Daphné avec un sourire.
Maintenant, aimeriez-vous venir
au Royaume des fées avec moi
pour annoncer la bonne nouvelle à tout
le monde?

— Ce serait formidable, répond Rachel,
mais mes parents vont bientôt se demander
où nous sommes passées.

— Ne vous inquiétez pas, je peux vous
renvoyer dans le monde des humains

avant qu'ils aient eu le temps de se rendre
compte de votre absence, promet Daphné.

D'un petit mouvement de baguette, elle
transforme de nouveau Karine et Rachel en
fées, et les deux amies volettent bientôt au
dessus des jolies maisons-champignons du
Royaume des fées.

En bas, les fillettes aperçoivent de
nombreuses fées dans les jardins du palais.

— Que se passe-t-il? demande Rachel,
curieuse.

— Elles font un pique-nique! répond
Daphné en riant.

Au fur et à mesure
qu'elles se rapprochent,
Karine et Rachel
peuvent voir que toutes
les fées sont assises dans
la cour de la Tour de
l'horloge sur des
couvertures soyeuses en
fils de toiles d'araignée
argentés. Le roi

Oberon et la reine Titania sont avec elles.
Les fées sont entourées par des assiettes
dorées débordant de sandwichs, gâteaux et
biscuits. Mais les fillettes remarquent que
personne ne s'amuse beaucoup.

— Regardez s'écrie Francis le crapaud en

accourant avec le Livre des jours dans les bras. Ce sont Daphné, Rachel et Karine! Elles ont trouvé le drapeau du dimanche!

Les fées battent des mains tandis que Daphné et les fillettes descendent en voletant.

— Bienvenue, Rachel et Karine,
dit la reine Titania d'une voix douce. Une fois de plus, nous ne savons comment vous remercier pour votre aide!

— Et maintenant, Daphné doit recharger sa baguette avec le drapeau des

jours de la semaine, ajoute le roi
Oberon, sinon la journée finira et
nous ne nous serons pas amusés
du tout!

Tout le monde regarde
Daphné qui se place au milieu de
l'horloge géante au centre de
la cour. Entretemps, Francis
se rend rapidement dans
la Tour de l'horloge.

Quelques instants plus
tard, la foule des fées
pousse des hourras
tandis qu'il hisse le
drapeau du dimanche
au sommet du mât.

— Voici la magie des
jours de la semaine, dit
Karine à Rachel quand les

62

rayons du soleil atteignent
le drapeau.

Daphné lève sa baguette qui
commence à produire des
étincelles argentées sous les
rayons magiques.

— Maintenant, les
dimanches seront
de nouveau amusants!
s'écrie Daphné.

Elle dirige sa baguette
vers la cour et envoie un
nuage d'étincelles
magiques des jours de la
semaine sur tout le
pique-nique.

Soudain, des banderoles
brillantes et des ballons
scintillants ornent les arbres, et
une énorme assiette de gâteaux

des fées décorés de glaçage rose, bleu, jaune et vert apparaît en un éclair de magie.

— Merci les filles. Grâce à vous, nous avons retrouvé tous nos drapeaux, dit la reine Titania qui maintenant est entourée des sept fées des jours de la semaine.

— Et le Livre des jours est redevenu normal, déclare Francis d'un ton joyeux avant de sortir de la Tour de l'horloge.

— Joignez-vous à notre pique-nique, ajoute le roi Oberon.

— Merci, dit Rachel avec gratitude, mais nous devons retourner à notre propre pique-nique au lac des quatre vents. Nous voulons garder notre appétit.

Le roi Oberon esquisse un sourire et
précise :

— Oh, mais pensez à la taille de nos
gâteaux des fées quand vous serez
redevenues humaines!

Les fillettes éclatent de rire et prennent un
gâteau chacune. Pendant qu'elles mangent,
elles regardent les fées danser. Elles
participent aussi à des jeux. Tout le
monde s'amuse
tellement que Karine
et Rachel sont tristes
de devoir partir.

— Daphné ira avec
vous dans le monde des
humains pour mettre de
l'entrain dans votre
dimanche, leur dit la reine Titania.
Attendez-vous à une surprise spéciale
près du lac!

— Merci encore, chères amies, leur dit le roi Oberon. Au revoir!

Toutes les fées entourent Karine et Rachel.

— Au revoir et merci! crient-elles en chœur.

Daphné agite sa baguette et repart avec Karine et Rachel pour le lac des quatre vents dans une nuée d'étincelles magiques.

— Nous devons ramener la couverture, dit Karine quand elles sont devant la voiture.

— Je dois aller faire un peu de magie, répond Daphné en tournoyant joyeusement dans les airs. Au revoir, Karine et Rachel!

Les deux fillettes agitent la main et la petite fée s'éloigne en voletant. Ensuite, elles prennent la couverture dans la voiture et retournent au bord du lac.

Bouton vient à leur
rencontre, suivi du
père de Rachel :

— Hé! Les filles! dit
ce dernier en
haletant. Regardez
ce qui vient d'atterrir
près de nous!

Il tient à la main
deux magnifiques
cerfs-volants. L'un est

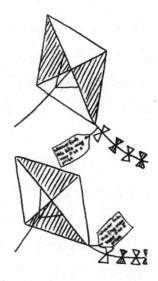

rose et l'autre, jaune. Ils brillent sous le
soleil, comme les drapeaux des jours de la
semaine. Les deux cerfs-volants ont de
longues queues aux couleurs de l'arc-en-
ciel.

— Lisez ce qui est écrit, insiste M. Vallée.

Les fillettes voient que les deux cerfs-
volants ont des messages attachés à leur
queue :

*Ce cerf-volant appartiendra
à la personne qui le trouvera.
Nous espérons qu'il saura vous distraire
quand vous le ferez voltiger dans les airs.*

— Quelle chance! se réjouit M. Vallée.
Vous pouvez en avoir un chacune.
Voulez-vous les essayer tout de suite?

Rachel et Karine échangent un sourire.
Elles savent que cela doit être la surprise
que la reine Titiana leur a promise. Quelle
chance d'avoir des amies aussi merveilleuses
que les fées!

LE ROYAUME DES FÉES
N'EST JAMAIS TRÈS LOIN!

Dans la même collection

Déjà parus :

LES FÉES DES PIERRES PRÉCIEUSES

India, la fée des pierres de lune
Scarlett, la fée des rubis
Émilie, la fée des émeraudes
Chloé, la fée des topazes
Annie, la fée des améthystes
Sophie, la fée des saphirs
Lucie, la fée des diamants

LES FÉES DES ANIMAUX

Kim, la fée des chatons
Bella, la fée des lapins
Gabi, la fée des cochons d'Inde
Laura, la fée des chiots
Hélène, la fée des hamsters
Millie, la fée des poissons rouges
Patricia, la fée des poneys

LES FÉES DES JOURS DE LA SEMAINE

Lina, la fée du lundi
Mia, la fée du mardi
Maude, la fée du mercredi
Julia, la fée du jeudi
Valérie, la fée du vendredi
Suzie, la fée du samedi
Daphné, la fée du dimanche